百年新诗百部典藏／马启代 主编

爱和诗是我们共同的血液

桑恒昌　著

江苏凤凰美术出版社

图书在版编目（CIP）数据

爱和诗是我们共同的血液 / 桑恒昌著 . -- 南京 ：
江苏凤凰美术出版社，2021.2
（百年新诗百部典藏 / 马启代主编）
ISBN 978-7-5580-5124-1

Ⅰ．①爱… Ⅱ．①桑… Ⅲ．①诗集－中国－当代
Ⅳ．① I227

中国版本图书馆 CIP 数据核字（2018）第 198340 号

责任编辑 李秋瑶
装帧设计 北京长河文丛文化艺术有限公司
责任监印 唐　虎

丛　书　名 百年新诗百部典藏
单册书名 爱和诗是我们共同的血液
著　　者 桑恒昌
主　　编 马启代
出版发行 江苏凤凰美术出版社（南京市湖南路 1 号 邮编：210009）
出版社网址 http://www.jsmscbs.com.cn
印　　刷 河北飞鸿印刷有限责任公司
开　　本 710mm×1000mm　1/16
印　　张 10
版　　次 2021 年 2 月第 1 版　2021 年 2 月第 1 次印刷
标准书号 ISBN 978-7-5580-5124-1
定　　价 28.00 元

营销部电话 025-68155675
江苏凤凰美术出版社图书凡印装错误可向承印厂调换

总序

转眼新诗已百年

马启代

　　早在 20 世纪的最后几年，大家已在议论新诗百年的事情，近年来，"新诗百年"的话题和各类活动甚至与社会商业活动携手并肩、大有超越诗歌本身的勃兴之势。事实上，看似在热闹中诞生的新诗，其本性与喧嚣并无基因上的联系。艺术与人类历史一样，有着表面风风火火的一面，也有着沉潜低回的另一条趋线。作为伴随新文学诞生的一个新兴文体，它呱呱坠地的时代的确可以用狂飙突进来标示，故我虽一向把社会"思潮"与"诗潮"的相伴相随作为认识百年新诗的一个重要视角，但我并不认同仅仅把波涛浪峰上的那些弄潮者看作新诗百年的代表，也就是说那些以潮流和流派及其风云人物为特征的历史叙事所构成的只是一个粗线条的描述，正是"思潮"与"诗潮"的历史共振，加上民族危难和社会动荡所造成的探索中断和精神异化，新诗所欠下的旧账一再被后来者忽略或轻视，仿佛一个亢奋的战士，冲锋中丢弃了装备，几番沉浮，在这个百年的节点，正是反思得失、检视成败的契机。当然，作为在争论甚至反对声中活得多数时候都青春四射的新诗，对质疑和批评的回应与对自身缺憾和弊端的正视从来都是一体两面需要痛加剖析、修正的问题。

　　我想略通"近代史"的人都会理解，产生于春秋战国以来极少出现的思想自由争鸣时期的新文学，结出新诗这个果实，既是必然，也显得匆忙。我们至今对它的称谓还有争议，如白话诗、自由诗、新诗、朦胧诗、现代诗、汉语新诗、新汉诗等，各有历史定位和美学指向，但莫衷一是，互不认同。此外，关于新诗诞生的历史成因、艺术脉络也各执一词，互有个见。我曾在《新汉诗十三题》中说过，它的源头不是旧诗，它与古诗、律诗、词、曲的代终体换不同，新诗直接来源于外国诗，不是一般的启示与借用，但新诗最终应是民族文化求新求变的产物皆赖于外来文化的刺激复活以及几代学人承前启后的不懈挽救。借此界定新诗的生日——假如非要有一个最大认同公约数的时间，我想，既不是胡适在《尝试集》中几首诗后面标注的 1916 年，也不是《新青年》2 卷 6 号刊发胡适《白话诗八首》的 1917 年，而应是《新青年》4 卷 1 号刊登胡适、沈尹默、刘半农九首诗的 1918 年 1 月。显然，作为《白话文学史》作者的胡适，深知"白话诗"与"新诗"在观念、精神和美学追求上的不同。他在 1917 年 1 月发表在《新青年》上的《文学改良刍议》被认为脱胎于美国女诗人洛威尔的《意象派宣言》，而意象派运动其主要旨趣在于解放英语诗歌的形式和语言，尽管他的代表人物庞德据说受益于中国古典诗歌的翻译。

但毋庸置疑的是，新诗承续了发端于 18 世纪以来世界范围内的诗歌自由化趋向，其背后蕴藏的历史人文内涵和深刻的人类精神走向乃潮流和大势。百年来，世界和中国都发生了许多亘古未有的大变化，人类在苦难和荣光中创造的无数诗篇，成为记录人类心灵和精神变化的珍品。尽管至今尚有人对新诗做出实验失败的定论，近年旧体诗创作日隆，也大有复兴的气象，但无须争辩的事实是：首先，新诗是个伟大而粗糙的发明（沈奇语），它无愧于百年风雨沧桑的砥砺磨洗（张清华语），你即便说它不成功，但也不能无视它有成就（桑恒昌语），穿越百年的时光隧道，战争、天灾、人祸以及正常或不正常的生存考验，新诗已经成为现代人重要的灵魂洗礼和精神救赎的载体。熊辉教授在《纪念新诗百年》中认为百年新诗的发展，最大的成功是确立了自身的文体优势。分行排列的自由书写成为承载现代人情感和思想的有效形式，而吕进教授把新诗看作"内视点"文学的主张，为现代新诗内在形式的确立提供了理论依据。其次，新诗采用大量口语和白话进行书面转化，使古老的汉语焕发出新的生机，重新把优雅与深邃找回，其在唤醒和复活民族灵性上体现出无可替代的前景。最后，我认为新诗与社会思潮与生俱来的根性联系，使其始终勃发着一颗求新求变的魂魄，百年来，它对于中国人精神的塑造居功至伟。

当然，一个百年的文体也许还处于未完成时，尽管许多文学史、诗歌史已翻来覆去根据不同时期的政治需要和个人诉求做过这样那样的修订甚至重写，事实上，所谓百年我们也不妨做模糊的理解，百年新诗也许尚未走出自己的青春期，业已形成的传统还显单薄，无论是文本本身还是理论批评范畴都面临着很多需要解决的问题。新诗不是"作诗如作文，作诗如说话"（胡适语）那样简单，断然不能把一种精神倡导理解为实践指南，正如不能把"下半身写作"理解为"写下半身"，把"口语写作"理解为"口水写作"。尽管民歌民谣给了自由化写作最初的滋养和激发，成就了彭斯和华兹华斯等不朽的歌唱，但新诗随着现代思想的传播，不适合进化论的艺术需要坚守和弘扬的恰恰是最初的和最原始的人的精神和梦想，最本真、最本质的感动。新诗突破了古典诗歌"触景生情"和"睹物思人"的套路，注入了"以思触诗、以诗触思"的感悟和体验，形成了"缘情言志寓思"的现代模式，这些皆赖于中西文化交汇中英美的浪漫主义和法德的现代主义诸流派的深度浸润。但一个文体既有它自我革新和不断蜕变的免疫能力，也有自我阉割的自杀倾向。如今，经历多层磨砺和戕害的新诗呈现出精神伦理和艺术审美上的诸多问题，"生底颤动，灵底喊叫"（郭沫若语）极有被废话、脏话淹没的危险。我在《百年新诗的"三度"迷失》和《当下诗歌创作的"三化"警示》两文中做了解析和指认。据此而论，吕进教授提出新诗的"三个重建"和"二次革命"多年，在展望未来时的确应引起我们的深思。

时光如白驹过隙，对于天地历史而言，百年不过弹指间的一个刹那，但于人于事，一个世纪毕竟暗藏着天翻地覆。适逢新诗百岁，借此数语，聊寄祝福！

目 录

第一辑

第三辑

第五辑

第一辑

九百六十万平方公里
都是我热血
和泪水的流域

长天让开一条路

我常常这样想
雁的祖先不会飞翔
像鸡？像鸭？
也许和企鹅相仿
是命运给了它一次重创
又给了它一双拐杖
拐杖生根了
扎进血肉
慢慢长成硕大的翅膀
南方北方
情浓处都是故乡
若不是
揣一颗归心
怎么会
岁岁年年
飞越两个八千里
嘎嘎，雁鸣三声
长天让开一条路

阳光不会变质

在地层的八百米深处
神话般的巷道里
中间是天
四周是地

心头豁然一亮
破解一个千古之谜
后羿射落的太阳
有一颗就埋在这里

埋得太久了
当初地球还没有记忆
压力太大了
几乎是窒息性的封闭
所以——
阳光变成黑色的
阳光变成固体的
不过
无论埋多久
无论埋在哪里
阳光都不会变质

日全食

之 一

仰望长空
惊呼一声

谁提走了
我们祖传的灯笼

之 二

饕餮的宇宙
鲸吞了最大的星斗

我托心为钵
不知该向谁乞求

下弦月

袖沾香露
足踏青莲的天女
摘取
发间银梳
理几片
光的翎羽
燎原
天下

上善若水

煌煌四个字
是绿色植被
覆盖了九百六十万
平方公里的土地
研读它的真谛
书写它的词句
古往今来
诠释多如水系
精辟堪比佛语

我总以为
水就是真理
冻结成冰
天山珠峰南极北极
蒸发成汽
升为霞彩云游天际
静而无言，怒而有声
彻外彻里
赤裸着自己

青海湖伫立

清澈辽远
深邃神奇
天下的水域
何处还有
如此多的无比
带着心来看你
看这一湖
液体的碧玉
真的好想
留在
你的四季里
只是
满纸秋凉
不知
从哪里落笔

十五的月亮

是生日蛋糕吗
摆放在天庭之上
蓝色的台布
白色的餐巾
塑以嫦娥玉兔
和同天并老的松柏
一日一餐
吞尽它的光华
留下满屋子的黑
神奇的魔术师
从布袋里
掏出
大把大把的星星

威　海

这是一座
有公园的城市
也是一座
有城市的公园

威海
是海抱大的孩子
也是
山雕出来的巨人

波浪在波浪的肩上
风云是风云的翅膀
威海的心里
奔腾着
全世界血液的力量

天　空

天为什么又叫空
可是天把自己
空出来
期待
更多更大的翅膀
无论是否
期待
更多更大的翅膀
天总是
把自己空出来

苍山如海

一座山
推着一座山
走出去

一座山
领着一座山
走回来

在天上

走遍桃园
没见一朵
未出嫁的桃花
捧蕊为心的花瓣
凭借风的羽翅
游成一条条彩色的水面
千手观音
在上演天女散花

我们的生命
也会落尽时间的花瓣
还会卸下真身
归还给红尘
苍穹寥廓
银河悬浮
众星座的眼里
我们不是一样
也在天上

黄　河

一笔狂草
写到
大海

大运之河

你说——
运河北起通州，南抵杭州
贯京津，过冀鲁，掠苏浙
连海河、黄河
穿长江、淮河
七千华里的黄金水道
直接钱塘碧波

他说——
运河起自春秋之末
经隋、唐、宋、元、明、清
流进中华人民共和国
一条活了
二十五个世纪的动脉
欣逢盛世生机勃勃

而我说——
运河是中华民族的精神
留在祖国身上的手模
站起来的土地是长城
卧下去的土地是运河
一个阳刻
一个阴刻

寒 秋

冷月下
一刃一刃
都是凛冽的霜刀
残墙断壁中
双目失明的蛐蛐
在吹埙

汨罗江

披发仗剑的屈子
纵身一跃的时候
你咋没在瞬间
蒸发掉自己
沐浴过诗魂的江水
注满历代骚人墨客的笔管
可谁的犀利能抵达
一条江的伤痛

财　富

在塔克拉玛干
大漠深处
太阳抱住地球
燃烧
我躲避在
电线杆的后面
一缕阴影
还被阳光劈走一半
如此已享了
天堂之福
如果这时
我突然作古
一目十行的一生
荒草掩心的一生
无处不在的
点点阴影
岂不成了
命贵的财富

海平面

三山六水
一分田
这是地球表面
天然的布局

地球上再没有
比海洋更大的面积
也没有比海洋
更深的水域

可是海
屈身为零
仰视
每一寸土地

大海痛呼

披散着长发
抛洒着汗水和泪水
一排浪
催着一排浪
一排浪
牵着一排浪
扑向海岸
如果没有阻拦
会一直奔扑到天边
那心里
该有多少生生的疼

海呀
可是痛呼
向你跑来
半路夭折的孩子

威　海

这是一座
有公园的城市
也是一座
有城市的公园

威海
是海抱大的孩子
也是
山雕出来的巨人

波浪在波浪的肩上
风云是风云的翅膀
威海的心里
奔腾着
全世界血液的力量

石老人

山峦的皱褶里
石头的漩涡里
是他的
用武之地
血肉和石质
浇铸在一起
大山和他
互为魂灵和肢体
恍惚了自己的名字
错乱了岁月的年纪
只管戴着
比太阳还大一圈的草帽
打凿，打造
被切割过
被琢磨过的自己

鸣沙山

这是一座
一团沙围着一粒沙
一粒沙挤着
一堆沙的大山
你听见了吗
听见它们的声音了吗
那不是争吵
不是呛声
而是亲亲地交谈
暖暖的爱语
独独有一曲
地上的天籁
每粒沙
都君子一样
大的行囊
是阳光下目光
小的行囊
是自己的心脏
鸣沙山
一个沙的部落
一个沙的民族
也是一个
沙的国度

雁荡山寻觅

诗仙李白
没有到过雁荡山
也没见过
高山把大河举成银河
怎么会写出
"飞流直下三千尺"的名句

更有奇甚
十倍于三千尺的头发
一夜间倾泻成
最长最长的瀑布

我也有
一腔诗人血
两行多情泪
不晓得，最终
是瀑成
三千尺的飞流
还是湫成
三千丈的白发

吻

我曾用带着
父亲的精血
和母亲乳香的五体
吻过你

我曾用跪拜过
皇天后土
和祖宗先人的双膝
吻过你

我曾用被诗情
和意象反复
叩击过的额头
吻过你

我曾用
始而清澈
终而浑浊的目光
吻过你

更多的是
我用半是芒鞋

半是骨刺的双脚
吻着你

大地啊
你的心中
可录制下
这其中的谜底

惊 蛰

春唤醒万物
谁
唤醒了春
是冰凌垂落的
第一滴泪
是脱了冬装
化缘的云
大雁鸣号管
小燕抚瑶琴
还有一颗颗种子
跳动的心
莫说没有雷霆
震悚灵魂
静是人间最美的声音
春的拂尘
只一扫
便绿了乾坤

立 春

诗和石头
击打出火光
火光潜回去
储存在
最深的地方
所以
它成了
石头的心脏

我俯耳其上
听人间万物
正以春的律动
运行
似地火
隆隆作响

啊，春已经立起来
春天还会远吗

今日立秋

立秋十八天
寸草结籽粒
想到这句俗语
心有丝丝寒凉之意
十八天后
每一株小草
都敢拍着胸脯
人模狗样地问我
你结了什么

戈壁雨

三伏天的太阳
在天上煮雨
煮得不耐烦了
就淋下界来
终于有了这个契机
可雨呢
下着下着
足未沾尘
就不见了踪迹

不明飞行物

没有骨骼
也没有肉体
无论从何而来
都是
碎屑或颗粒
飞起
长天把它托举
落下
大地陪它歇息
不知是否
入了
昆虫的户籍
谨记谨记
它的名字
叫生命

乘机过欧亚分界线

蜷缩进蜗牛壳中
在天上缓缓爬行
腰脊的这一块喊酸
胸椎的那一节叫疼

恍惚中进入时光隧道
尽是银盔素甲的星星
醒来方知
做了一个弥天大梦
一半在亚细亚
一半在欧罗巴

侧脸望窗外
太阳正乜斜着看我
喂
你是哪个？
是西半球的那个
来接我？
还是东半球的那个
在送我？

第二辑

亲爱的，我告知你
我梦的地址
你来还是不来
我都暖着长夜等你

雨中祭

肉体若是

灵魂的替身

该有多好

可你留下的

却是

粉身碎骨的痛

你走进大地的心里

一年一度这一天

又捧着眼泪走回来

没有泪

怎么生根

没有根

怎生连理

每念及此

睫毛便成了

落雨的屋檐

每念及此

五脏六腑

都疼成

一颗一颗的心

这个夏天从冬季里度过
——写给灵魂和躯体若即若离的妻子衣美娟

上苍给了我两三秒
我迅即跨出两三步
用通身大汗
抱住摇摇欲坠的你
你被黑暗的光击穿
又被无声的力击中
一个叫脑梗的幽灵
霸占了你的中枢神经

白色的救护车白色的火
白色的隔离衣白色的冷
我和女儿在病危通知书上
签下失血的姓名

抢救时插管吗？
我摇头
喉头切开吗？
泪摇头
可以开颅吗？
心摇头

拜托了，大夫

请给她一口气吧
一个偏瘫的妻子
我扶着走
一个全瘫的妻子
我背着走
一个植物人的妻子
我抱着走
大夫，拜托了
请给她一口气吧

妻子猝然倾倒
把我的一切都摔碎了
全家人的双手
捧着——
饮食的碎屑
睡眠的碎屑
都是日子的碎屑
生长阳光和诗情的心
如今生长雾霾

曾经说过
我有一口饭
就给你一口食
我有一口水
就给你一口汤
可如今，可如今啊
满天满地的空气
只给你游丝般的气息
让我陪着一个

四大皆空的家
风是空空的过客
灯是空空的眼睛
三两声狗吠
像是叩响的门铃
一个半阴半阳的是你非你
一个真假连体的是命非命
一个不存在的存在
一个存在的不存在
半生错愕一声浩叹
呜呼哀哉

2014.11.26

悼念妻子衣美娟

之 一

你的瞳仁
是全蚀的月亮
可再也见不到
折射的阳光

之 二

你的衣服
是你的皮肤
护佑我全身
正常的温度

之 三

熊熊的炉火
是又一次临盆
你诞生在
记忆的世界里

之 四

当我感到孤独的时候
就到新居门前去坐坐
一首一首，诵读
弟子们写给你的诗歌

之 五

那些诗在心上
一针一针地分行
每个字落下
都敲出钟磬之声

之 六

有一天我的脚
也长出粗壮的根须
我自然会来这里
和你做永远的连理枝

致 妻

你决绝地走了
我万分沉重
你没走完的路
我要替你走下去

一条路
在脚下走着
一条路
在肩上扛着
你一定又说那句话
有山俺怎么不靠呢

爱 人

这两个字
最是疼人
是最疼你的那个人
也是你最疼的那个人
不是砸断骨头
连着筋
断了筋腱
连着血脉的人
却是比知己知音知心
知之更深的人
那是两个
撕不开的灵魂

植物人

人与植物的结合
可像冬虫夏草？
在命和非命之间
生长一种境界
生日蜡烛
流着眼泪
红红的指头
计算着你的年龄
你的呼吸还在
心跳还在
是谁灌了你孟婆汤
你的眼里
揉不进沙子
何方妖孽
把你气成这个模样
宁肯如此经年
也绝不再觑上一眼

莫非惊要等着
和动物人的芸芸众生
一起苏醒

思　念

咬着思念
也被思念咬住

独处的时候
常常点燃了心
烛照着
细细地看你

青花玲珑

我是土
不再飘动
你是水
不再流动
结合在烈火里
成千古芬芳
青花玲珑
不再看
钟表的长针短针
不再想
古道的长亭短亭
不再恋
睡榻的长梦短梦

重度人生四季

你终于说出那一句
只有一个字的那一句
原来，你的心上
一直为我留着
春拂绿柳
夏燃荷花
秋献金赤
冬铺雪毡的全部疆域
我在上面
重度人生四季

怜悯的心

大病初愈
这颗射血能力
只有百分之十几
不得不用电击复苏
曾被诊断为
破碎心综合征的心
每次跳动都像
奥运会决赛场上
射击运动员
扣动扳机
而我恨不得把死神
锁在瞄准镜里

四海内外
独有的一只瓦罐
敲一敲
半是哑语
这是我仅有的江山
这是我唯一的神祇
怜悯的心
也懂得怜悯自己

稍不留神
就会崩碎一颗星体

生命之河
　　——曾患脓毒血症，幸而起死回生

生命是一条河
有上游，有下游
有发源地有入海口
有巡游疆域的血脉
有随魂魄一起遁形的经络
昏迷狠狠击穿了我
每一步都是千沟万壑
命运弄人张皇失措
谁布下这满河鬼怪的风波
有河在总该水意婆娑
可是我至今仍感到饥渴
和我一样渴的
还有这条
曾经徒唤奈何
继而呼天抢地
终于起死回生的
生命之河

再生记

脚踏阴阳两地
中间只有子午线的距离
一面是从未谋面的灵魂
一面是百疴纠结的肉体
小鬼群舞而至
必欲把我碎碎地凌迟
非命悬于一线
实命坠于一丝
百分之零点一的生
对抗泰山压顶的死
脓毒血症，深度昏迷
无法检点自己
行善为恶是非曲直
和这有几分几厘的关系
回与不回
是行是止
全凭阎罗老倌
春秋大笔
这是连玉皇大帝
都鞭长莫及的属地
终于，终于……
亲我者喜极而泣

恨我者语塞气闭
灵与肉
融为一体
从自己的尸体上
站起来

低下头
瞅见命运那条狗
真想咬它一口
又想亲它一口

特　赦

昏厥可是折返
生命的原点
那是甚至比闪电
还迅猛的速度
人将殁，心还在
怎能撒手而去
还有很多很多
遗落在走过的路上
衰竭的心脏
瘫卧在胸腔里
大夫用电击
连声叩问
你想想
你丢失了什么
冥冥中递给我
一株还阳草
我抓住它
聚焦散漫的灵魂

天使替我

呈上一份申辩
把我
特赦回来

我不是一个人的自身
——出院周年札记

绝非
九死一生
而是九点九死
零点一生
活转过来
总觉得体内
不止一个自己
不止一个
自己的真身

天悬日月
地载山河
我会是天地三界
争回来
存于丹田之中的
那口气吗

心
稳住节奏
磕着
等身长头

反串人生

六一儿童节
五四青年节
九九重阳节
还有三八妇女节
都是我的节日
在不是舞台的舞台上
在萦魂绕魄的地方
在有我就有
我的世界的地方
在一辈子
把自己写成动词的地方
在老天用滂沱大泪
洗涤污浊的地方
老男孩的我
反串人生
妙不可言
也是妙无不可言

坠落的星座

何必夹着尾巴做人
我的血肉之尾
连同那根
短短的骨节
早被我
自戕干净

总也不能割舍的
是天人对应的星座
坠落时
划过夜空的亮丽
那是一行
最后的自己

独饮自己

撩开纵情的马蹄
跑着跑着
剩下自己
从狂傲的李白
到豪饮的苏轼
哪个不是
痛快淋漓
将酒杯举起
祭天酹地

胸有大风
击节而唱
我有两个故乡
一个是
被叫作故乡的村庄
一个是
被叫作诗情的心脏

萧萧白发

你看见这满头白发了吗
被岁月染成这个颜色
黑发逝去了
青春逝去了
还带走了
那么多的长辈和兄长
我兀立在生命的关口
悲壮地
站成
遮挡凄风苦雨的血肉之墙
莫说一夫当关
就是万夫当关
这隘口
也会不攻自破

我只能用满头白发
为像流星雨一般
陨落的一切
披麻戴孝

也说焦炭

一位骨灰级的专家
在焦化炉前陈言
你们把最宝贵的
从烟筒里放跑了
里面有百多种元素
或视而不见
或无法提炼
只留下这些
廉价的焦炭

我也曾是一块好煤
烧炼了几十年
诗意的烟
哲思的烟
美轮美奂的烟
先于肉体越飘越远
伸开是巴掌
握起是拳
什么样的命运
把我捂成
有血有肉的焦炭

五色土

我从故乡来
从父母的襟怀来
若父母生活在松花江边
我就是黑色的肌肤
若父母定居在黄河岸畔
我便是黄色的脊梁
若父母迁至水乡江南
我只有红色的面庞

我是五色的土壤
不足半个立方
这是我诗的颜色
也是我族的颜色
把自己捧在耳边
听星光下江水的悲鸣
听春来时河冰的炸裂
听上游和下游的絮语
听雪山对大海的嘱托
我是它们千万年来
冲积孕育的沉淀

在岁月里成长的泥土

如今用一半
陪伴了父亲和母亲
还有一半
女儿啊
我要留给自己

夜间耕读

我熬着夜
夜熬着它自己
夜熬不住了
就请昼来顶替

若夜把爱铺满地球
我就把地球抱在怀里
若夜是一枚种子
我就把夜种在灵魂里

昼和夜不停地较力
此消彼长自有其规律
我总是盼望着
夜给我更多的亲昵

这不，天亮了
夜之黑，全部的黑
静静地栖息在
我的瞳仁里

胸　水

茫茫天宇悲情千里
老天的眼
挤了又挤也未见
泪水几滴
我怀疑有些水
潜入我的胸腔
几经探查
也不知来自哪个脏器
只能先行一招
穿刺抽取
肋骨间还安了阀门
以备不时之需
胸水虽多凝不成雪
行不了雨
正好借此契机
洗一洗
胸中尘俗
荡涤五脏六腑的
不洁之气

共有的江山

储蓄
岂止金钱
不期然
还有挚爱的情感

温馨的瞬间
亲昵的话语
泪水，时若长河
时若巨瀑
是幸福的破碎
还是伤痛的凝聚
起伏跌宕的心跳
同一脉频率

谁能求得百年
不如放大自己
因和果
互生在一起
存入心中
定是共有的江山

地球，你驰往哪里

家住在
省中医院的对面
千佛山
医院的东边
急救车是一支支
穿心的箭
脏腑和神经
被钉在靶环的中间

我辨识着
揪心的警笛
哪一辆带走了
我的父亲
哪一辆带走了
我的妻子
佛心善意的急救车
你把我们的亲人
载到哪里

地球
也是一辆急救车
以自转的方式

探寻着方向
以公转的速度
在星际间奔突

地球，你真的知道
人类的急救站吗？

清明祭拜

走着走着
走丢了许多亲人
亲人又走丢了
他们的灵魂

多少次潜回梦里
拥抱失散失联的众亲
可都没有到达
心那样深

语言在嘴上风干了
心愿也制成标本
怎能不被时间和自己
痛打一顿

日子的重心
正在悄悄移动
过去是中秋
现在是清明

母亲的名字

怪谁呢
我找不到责怪的理由
只能认罪
我忘记了母亲的名字
那时候日子很老
我又很小
母亲姓胡
只要见了这个姓氏
心便扑上去
直呼娘家人
母亲的乳名叫小大
外婆这样呼唤她
亲昵而有诗意
神性透着玄机
无论多小都是大
无论多大也是小
小到拈成颗粒
大至无边无际
一切的一
都是天意
我说得对吗，母亲
儿子等待
您的恩准和开示

第三辑

所谓故乡

就是这些

爹亲娘厚的土壤

故土寻根

寻找那几间老屋
老屋
早已碎成故土

亲近那一片故土
故土已成
别人的老屋

我是从父亲眼中
溜出的目光
我是从母亲身上
生出的根脉

亲情长出子嗣
坟茔长满青草
可堪欣慰呀
都是上好的庄稼

总是中秋

今晚的月亮
采集最多的阳光
落在地上
又是白白的霜
在故乡
也会思念
李白思念的故乡
映在水里
一会儿是
圆圆的脸庞
一会儿是
碎碎的泪光

水底的那片天
是总也
抚不平的心事

看地图

没找到
心上的老家

老家却在心上
迅速放大

放大成
一个国家

老家（一）

如果老家
是熏黑的梁上
燕子学着父亲
一口一口垒起泥窠

我就是
嘴角嫩黄嘴比头大的燕雏
等风衔着天的泪
来喂我

老家（二）

那三间
散了架的老屋
风一刮
呛咳不止
连鼠洞
都成为空宅的老屋
举着满院的桑榆
一年高过一年地遥望

故 乡

所有的村庄
都有自己的乳名
它们共同的大号
叫故乡
故乡既是
生命最初的牧场
又是最终
放稳灵魂的地方

阳光的微雕

向南的窗上
攀附着一朵蒲公英
扇动着羽毛
向里张望
它可是
故乡旧宅屋顶上
牙齿紧紧咬住
屋檐的那一株吗
昼舞夜飞
长风长空接力而来
我屏住呼吸
把它托在手上
托着一枚
阳光的微雕

老　墙

这里有过一堵墙
背阴，朝阳
像家中的土炕
可在爷爷的心目中
那就是城墙
他常蜷缩身子
倚着墙根晒太阳
爷爷走了
从古铜烟袋锅里
飘出一缕阳光
城墙成了孤老
佝偻着腰
酷似爷爷的模样

墙轮回为土地
太阳再来时
只是孤独地
晒晒自己
许多个人堆积成时代
许多时代堆积成历史
天上一瞬跃白驹
人间百年已过隙

太阳啊
你是否还记得
晒太阳的那位爷爷
和陪伴爷爷的那堵老墙

战士的脚

——九月底十月初西藏边防空军雷达阵地，大雪
　　该封山了吧

提起青藏高原
风雪便撕扯着天空
扑杀而来
撞疼我周身的骨头
趁它喘息的当口
看看我的双脚
挂在岩壁上的是它
深陷雪窝的是它
大头鞋和坚冰
冻成铁板一块的也是它

我想起了什么
朝胸前顺势一摸
掏出来的
都是战友的脚
这一双被啃成骨头
这一双被嚼成粉末
这一双在病床上
长成血淋淋的植物
我喃喃着他们的名字
捧起一双双脚

泪水洗过
目光擦过
又贴心贴肉地
揣进怀里

这样的脚
站在喜马拉雅山上
能感知
地球的分量

管不住的舌头

这辈子最管不住的
是舌头
年轻时多嘴饶舌
吃了不少冤枉
只要提到吃这个字
纵然隔山阻水
也哼唱着土腔野调
往老家跑
即使摇着轮椅
架着拐杖
也奔走在
太阳回归的路上
舌头是
味蕾的故乡

裸 浴

——高原哨兵的镜头

紫外线
刺青过的皮肤
高原风
削切过的面容
一样的裸体
撒欢在夏季的雨里
享受
高天的赐予
接受
全须全尾的洗礼
每一滴英雄血
都和祖国一个温度
暴突的肌肉群
呈现骨骼特有的质地
士兵威武
都是
魔鬼的身躯
聚拢一起
就是
立体的戈壁

边防军

祖国的前面
是战士的胸膛
祖国的后面
是战士的脊梁

用父母赋予的
恒温的爱
燃烧着
高原的冰雪

父女问答
——与女儿桑桑同游三亚

戏水踏浪的女儿
捧一捧南海给我
爸，你说
里面有多少江河

接过南海，接过重洋
神秘地凑近耳廓
只有在天涯海角
才听得出它有多少脉搏

赠薛中锐大师

六十岁
是一篇文章

七十岁
是一本专著

八十岁
是一套文集

九十岁
是一部辞典

百岁开外
是一座丰碑

只有天年，才是
自己的万里江山

赠大画笔张光明先生

心上的颜色
洇染花瓣
情感的馨香
泊在蕊间
红梅簇簇
呈燎原之火
画笔委婉
写梅的经卷

梅和你
共一个魂灵
你和梅
同一支血脉
梅黑梅白
每一笔
都泻下
光的七彩

写真王传华诗兄

我和你，不曾
光着屁股嬉戏于乡间
却有幸
光着脸度过四十有年
人生迟暮真情素面
永远赤裸的
还有灵魂的脸
这脸上
曾经掠过阴影
而今横亘山峦
然而这张脸
就是阳光的一部分
朗朗乾坤
被雾障侵吞
你我互相烛照
我举着曾用电击复苏
依旧爆燃的心

咬住疼痛
——悼念作家任远先生

少年时，你
总怕睡不够
成年后，又
总怕睡不着
如今轮到我们怕了
怕你再也睡不醒

鞋子还热着
怎么路就凉了
一辈子摸着良心
让人不舍的太多
大家抱着你的名字
疼过来又痛过去

你是血肉之烛
用全身的脂膏
燃一面旗
不知是否
留几粒磷光
照自己的路

因为有你，才有

如此耐读的人生
你告诉人们
燃烧后
并非都是灰烬

你不再拥有这个世界了
这个世界依然拥有你
两眶多情泪
一腔诗人血
你的心
永远在路上

无论走多远
你每一回首
都会碰疼
我的目光

第四辑

在幽暗的土穴里
历经十多年的修度
抓破地球的躯壳
给自己一个日出

蝙　蝠

天，一下子
黑下来
百鸟归巢的归巢
回洞的回洞
钻穴的钻穴
大音希声
小音也希声

蝙蝠的族类
倾巢而出
倾洞而翔
倾穴而舞
天地间充斥着
另一种语言

小精灵
你们是
百鸟的亲兄弟
白昼的反对党

坐禅的蝉

在幽暗的土穴里
历经十多年的修度
抓破地球的躯壳
给自己一个日出

蜘　蛛

杜子美的茅屋
被四季八面的风
一破再破
你千结万结
只结一颗
恨不
广织天下的心

大漠瓢虫

把身体
修炼成佛龛
心
端坐在里面

突然想起
塔克拉玛干
在尼雅遗址的腹地
遇见一只瓢虫
它不是益虫
却是个英雄
三十二万
平方公里的大漠
处处都是
死亡的陷阱
可生命从来就没有
第二人称
真想那只瓢虫
能换装成
我们喜见的衣衫

飞越

八千里关山
来佛龛
和我相伴

蚕

三眠四眠
一蜕再蜕
当最后一层
是灵魂的时候
便呕心沥血
吐满腹锦绣

萤 火

秋夜秋凉
天地何其苍茫
星月之光
被云团吞噬殆尽
令所有的小
都忽略不计的流萤
点亮周身的血
在夜的脸上
留下胎记

蛹与蝶

这是蛹吗
分明是个骨朵
天精地卵
造就了它
旋转时
环视天空
在这千古一瞬
所有喧嚣
都静默下来
等待
花开

狸猫与家猫

一个野生
一个家养
本是同科同族
却也相残相煎
狸猫押着家猫
寻水边走去
是威逼是陪伴
是教化是哄骗
是一个心甘
另一个情愿
不计近远
踽踽来到水边
家猫大口大口地喝水
狸猫得意又悠闲
家猫喝了就吐
吐了再喝
直到把肚里肠子
涮洗干净
走到猫猫面前
闭上泪眼
是无奈无助

抑或了却一桩心愿
一个它成了
另一个它的美餐

蒲公英

向南的窗上
攀附着一朵蒲公英
扇动着羽毛
向里张望
它可是
故乡旧宅屋顶上
花蕊底部总是
沉淀着
血色的那一株吗
长风长空
接力而来
我屏住呼吸
把它托在手上
托着一个
阳光的微雕

泰山松

之一

破石为土
云雾做乳
握满把绿色阳光
穿一身龙的皮肤

之二

拄着自己
攀上极顶
颤颤巍巍站起来
扶着天空

落　叶

一片一片
残留着血脉的树叶
亮着汗斑
隐着泪痕的树叶
咬断自己
完成从天上
到地上
再到地下的归去

胡杨部落

站立在
奈何桥上
三千年不倒的
是胡杨
横亘在
阎罗殿里
三千年不朽的
是胡杨
几滴英雄泪
天地共沧桑
谁解得了
它的万古柔肠
胡杨
生长在
蛮荒凄绝的地方
胡杨
行走在
修佛布道的路上

桃　园

哪一朵桃花
最先点亮
满怀满抱的春光

毛茸茸的嫩叶
抖擞精神
伸展梦中的翅膀

炫舞的蜜蜂
鼓着泪囊
吻遍丛丛花蕊

桃花已不是
去年的桃花，蜜蜂
是否还是去年的蜜蜂

桃花仙子

率领七姊八妹
飘落人间
抓几把残雪
擦一擦春天的脸

本是弱水女子
却生就虎心豹胆
骨头里开出的花朵
驱赶壁垒重重的冰寒

何必论命运深浅
凋零也留下灿烂的瞬间
后辈之花寻着你的基因
一代一代在枝头点燃

又一季桃花

一夜间，小奴家
绣出大朵大朵的自己
相公，你行走其间
碰触的枝条
是我款款的手臂
我拦不住岁月
也拦不住你
我们各自
往深处走去
再轮转经年
相公，我们可否
不期而遇

你撩开桃枝渐行渐远
还发出痴痴的轻叹
莫非你想到
那柄溅血的桃花扇
是啊
上至朝堂豪门
下至草野民间
桃花桃花曾经
惹翻多少情场公案

野草赋
——写在木兰围场

在广袤的内地
在诗人李庄的笔下
杀死过许多镰刀的野草
在这没有镰刀可杀的地方
在康熙乾隆射猎的木兰围场
杀死过许多岁月
细如狼毫羊毫
却是一支支的大手笔
绘出蓝天绿地的摹本
天下都为之称奇

几阵秋风
就枯了黄了
一场春雨
又绿着回来
试问
除了野草
谁有这大的江山

第五辑

不识自己的真面
就永远奔波在
苦修的路上

回　忆

翻阅记忆
探取昨天的暖
前天的温
以及远去的香火

昨天和明天
把今天拧成一个结
到了最后也未必获知
全部的秘密与张力

秋从眉睫逼近心底
删除虚词只留主语
藏风蓄水
修篱种菊

土地爷

一位皇帝
挥着花椒木的权杖
敲打荒芜的土地
戳自己的心
也戳
儿孙的额头
这土坷垃
可是祖宗的骨血啊

哀乐声中三鞠躬

活到这把年纪

时间陪我

蜕了几层皮

灵与肉体

总是

若即若离

既然来了

终究要归去

呼天抢地哭父母

捶胸顿足送兄弟

人间也并非

全讲情理

多少泪

难以计

竟不给留一滴

或痛或酸

哭自己

人脸与树皮

谁见过自己的脸面
借助镜子
抑或照片
都是美妙的欺骗

人要脸树要皮
乃民间俗语
树以皮为心
脸也就负载着
比生命
更多更重的含意

真可惜
没谁见过自己的容颜
太阳没见过
月亮没见过
人类没见过

不识自己的真面
就永远奔波在
苦修的路上

仅有的种子

苦海无边
回头是你
你会是我
永久的岸吗

我的情感
是大灾之后
仅有的
几粒种子

天　香

虚眯着眼
听胸中花开

突然有你
天香般袭来

老 人

攥一把
锈迹斑斑的日子
探摸体内
飘忽的磷火

深夜，伴着
时间的节奏
听流星在心上
划出血痕的声音

杀 鱼

剖开鱼腹
取出内脏
鱼嘴还在说话

不是井水不犯河水吗
却为何
无水要犯有水

遍体鳞伤的你
怎忍看
已无鳞可伤的我

掌 纹

纵横交错
一张张生命的网
幸运
常常是漏网之鱼

空空的网眼上
挂满泪滴

启明星

淘汰了满天星斗
只选中这一颗

镶成钻戒给你
不知戴在哪个手指

内画瓶

心是
连体的内画瓶
里面有
撒娇的你
戏闹的你
温文尔雅的你
佯装愠怒的你
中间一尊
漫画了的塑像
是矜持的你
翘翘的你
朱唇皓齿
吐出千言
又藏着万语的你

七夕雨情

在七夕门槛之外

在即将到来的时长

漫天

织起雨丝

越织越急

越织越密

终夜没有停息

那定是

上天用旷世以来

失恋绝情的泪

来人间

垂钓爱情

好续写

郎耕女织的故事

不该动问

老天你还有多少泪呀

更不敢动问

难道真爱都在

生死相望

人神眷顾之中吗

时间拾零

时间在哪里
在钟表的
掌心里

它怕我贪馋
就把时间捏碎
一点一点地喂我

眼不饱心还饿
一个心灵皈依的人
托着祈缘化斋的钵

荒芜了多少时间
却经不起
它一次秒杀

诗将军

不论有多少汉字
也不论组成
多少词语
都是我
麾下的
三军将士

画 梅

在冰天雪地中
把自己画成一枝红梅
你一定看见
那一朵朵
心一样跳动的烛火
不知前世
莫问来生
倾尽心上的颜色
只为你
自开自谢一次
彻夜无眠
就把午时的太阳
掰碎成
满天的星斗

没有很久
总觉很旧
手相携心相扣
走向时间的尽头

涮海鲜
——海边讲究涮活海鲜

海都不鲜了
哪来的海鲜

刚出苦海
又进火海
让我
怎忍心下箸

她又见到她的海

诗人三色堇
已经做了奶奶
可一见到威海的海
就成了
自己的孙女

亲近大海
海浪就是她的宠物
伸出舌头
酥酥地痒庠地
舔她的双足

今晚又会有几粒
撒娇的沙子
躲在她的脚丫里
做着
蓝色的梦

它没有生命
却比一切生命都永恒

常说大音希声

大象无形
时间在这里逆转
显露她的尊容

水钟不懈地流动
生怕历史
在哪一刻
骤停

水做的姑娘

清流也似的仪态
波光样的目光
指尖上
常拈着
七十二泉的水香
情感
便有了
泉天下的体温和蕴藏
偶尔掠过一丝闲愁
晨雾？暮云？
是从心而动的徜徉
水做的女子啊
哪位是
名叫
水精灵的姑娘

栽

树木栽了
花草栽了
溪流栽了
一登一登的石径也栽了
现在想的是
在屋顶上
栽一片
山岚或者雾霭
在院落上空
最好尽量远阔一些
栽几朵
万重圣白的云

工笔画

用生命的工笔
描绘自己
细微处
尽是五彩的金丝
谁看了
都想走进去
和有体温的图文
在一起
和有情趣的灵魂
在一起

孝　心

在天平上
放上一颗孝心
能称天下
最重的分量

换枚青春痘

姑娘我若真有
你说的那些成就
我愿意全部拿出来
和你交换
只换一样
你的年龄
年龄换不成
那就用老年斑
换你的青春痘吧
你指了指嘴角说
我这里还真有一颗
噢，这一颗
我可不敢打主意
怕稍不留神
舔着你

大方的娘

女儿送给娘一个外号
穷大方
谁比她不济
她就出手帮谁
东西不沉
心最沉
女儿也曾提醒过娘
咱也不富裕
娘走出自己的年纪
女儿哭天抢地
娘你回来吧
娘你别生气
我把钱全给你全给你
娘，娘
你愿意给谁就给谁

倔强的文字

腐酸扑鼻

还自鸣得意

搜肠刮肚

调兵遣将

名词动词形容词

主语宾语飞来语

刚刚集结在一起

就举起哗变的大旗

不屑于

为死魂灵

殉情陪葬

一心想

保全汉语言的

节操和荣誉

写在新华书店

新华书店
就是这个地方
可以称作学校
也可以称作乐园
这四个字
翻译出去
再翻译回来
就是知识的天堂

方言的故乡

在播音界
堪称国之栋梁
在表演界
就是大国工匠
敢为天下立标
彰显在
舞台和银屏之上
可是只要见到爹娘
立马从音韵的天堂
流星雨一般
扑回方言的故乡

话说友人

亲，莫怪我
直言相问
我的心
怎样才能
成为你的心

众生芸芸
有几多
值得厚爱的人

有夜无眠

夜睡了
书也该睡了

可是它们
养成一身酸症候
或浅睡则醒
或彻夜不眠
纷纷跳到
我的床上来

弄得我夜夜都是
半床诗书半床梦

失　眠

把羊当日子来数
把羊当步子来数
数完大羊
数小羊
小羊数完了
就数半枯半绿的草棵子
终于把草原啃成
毛发稀疏的头顶
以手加额
听颅内
闻鸡起舞的声音
恰逢太阳
撕开夜的皮肉
为自己
作剖腹产

雕　像

终于实现了愿望
被打造成一尊雕像
披红挂珠，置于殿堂
尽显人世风光

身边的那尊兄长
总想逃回初始的山梁
请利器下重手
雕出自己心中的模样

机缘三生之幸
梦比机缘还香
若能再作一回处女石
甘愿化为岩浆

听　泉

在泉城听泉
听泉世界的泉
最是惬意
黑虎泉
用耳朵听
珍珠泉
用眼睛听
金线泉
用意念听

夜静人不归
漫步寻雅趣
在芙蓉街
在曲水亭
在百花洲
或行或立或踟蹰
双脚
在青石板上
听泉的耳语

情　绝

趵突泉边
独依石栏
看泉底
自己的心
像极了
一块石头的鹅卵

翻滚的锦鳞
抢食欢声笑语
有一条
是知已还是闺密
悄悄地
噙走你的叹息

你曾经说过
要把所有的爱
都活成他的样子
可那温热的肩头
尔今
谁在偎依

既能载舟

又能覆舟的
江河水
化作既能救人
又能溺人的
情人泪